PROJET DE LOI

POUR ÉTABLIR UNE TAXE OBLIGATOIRE

A verser par les Établissements de Bienfaisance

CRÉÉS PAR DES ASSOCIATIONS LAÏQUES OU RELIGIEUSES

Où les Mineurs sont assujettis à un travail quelconque

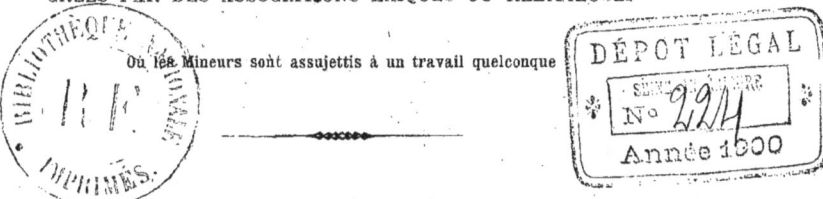
ENQUÊTE SUR CES ÉTABLISSEMENTS

Dans la Seine-Inférieure

MÉMOIRE ✢ TABLEAU STATISTIQUE ✢ CONCLUSIONS

ROUEN

IMPRIMERIE DU NOUVELLISTE

1, RUE SAINT-ÉTIENNE-DES-TONNELIERS, 1

1900

PROJET DE LOI

POUR ÉTABLIR UNE TAXE OBLIGATOIRE

À verser par les Établissements de Bienfaisance

CRÉÉS PAR DES ASSOCIATIONS LAÏQUES OU RELIGIEUSES

Où lés Mineurs sont assujettis à un travail quelconque

———

ENQUÊTE SUR CES ÉTABLISSEMENTS

Dans la Seine-Inférieure

———

MÉMOIRE ✢ TABLEAU STATISTIQUE ✢ CONCLUSIONS

———

ROUEN

IMPRIMERIE DU NOUVELLISTE

1, RUE SAINT-ÉTIENNE-DES-TONNELIERS, 1

—

1900

ENQUÊTE

SUR LES

ÉTABLISSEMENTS DE LA SEINE-INFÉRIEURE

RECUEILLANT DES ENFANTS MINEURS

*Visés dans le Projet de Loi assujetissant les Associations
à une Taxe sur le Travail*

MÉMOIRE

Présenté à MM. les Conseillers d'Etat, Sénateurs et Députés

MESSIEURS,

Nous avons l'honneur d'appeler votre attention sur le texte d'un projet de loi que le Gouvernement se propose de présenter aux Chambres, en vue d'établir une réglementation nouvelle des Etablissements de bienfaisance créés par des particuliers ou des associations pour recueillir des mineurs, des indigents valides, des malades, des infirmes et des vieillards.

Le projet multiplie autour de ces établissements les liens d'une surveillance administrative que les lois existantes, et notamment celles du 2 novembre 1872 et du 24 juillet 1889, permettaient pourtant d'exercer efficacement et étroitement.

Mais son objet principal est d'imposer une taxe sur ces œuvres de bienfaisance, en stipulant au profit des mineurs qui y sont assujettis à un travail quelconque, le droit à un pécule journalier à partir de l'âge de douze ans, lorsque ces établissements se procurent des ressources par la vente des produits récoltés ou fabriqués. Pour instituer ce pécule, il serait prélevé sur les revenus de l'œuvre au compte de chaque mineur et par journée de présence dix centimes par assisté de

douze à quinze ans; quinze centimes de quinze à dix-huit ans ;
vingt centimes au dessus de dix-huit ans.

C'est spécialement cette disposition qui nous a paru soulever
des critiques très graves tant au point de vue économique et
social qu'au point de vue de la loi et de l'équité.

Au point de vue économique, non seulement le projet stipule
au profit des mineurs un salaire, mais spécifie que ce salaire
sera payé au temps et non pas à la tâche. En effet, l'article 4
entend que le salaire s'acquiert « par journée de présence. » Il
est inutile de rappeler ici la supériorité économique du salaire
à la tâche où l'ouvrier est intéressé à augmenter la somme du
travail, puisqu'il augmente par là même en sa faveur la somme
du salaire. Qu'il suffise d'appeler l'attention sur la difficulté
qu'auront les chefs d'institutions à exiger de leurs hospitalisés
un travail consciencieux quand ces hospitalisés sauront qu'ils
seront rémunérés en dépit de la mauvaise volonté la plus évi-
dente. Non seulement toute émulation sera supprimée, mais la
discipline, le travail et ses effets moralisateurs seront grave-
ment compromis.

Au point de vue social, la plupart des établissements visés
ne se soutiennent que par la charité privée. Les budgets de
ces établissements et les quêtes, loteries, séances musicales et
sermons de charité qu'ils organisent annuellement sont là pour
en témoigner. Les salaires que la loi leur réclame ne seront
donc pas pris sur des bénéfices qu'ils ne font pas, mais aug-
menteront encore un déficit déjà existant et menaçant. Sau-
ront-ils faire le nouvel effort qu'on leur demande? Rien n'est
moins sûr. C'est, dans la Seine-Inférieure, le sort de vingt établissements variés, hospitalisant quatorze cents enfants, que le
projet compromet. A la charge de qui retomberont ces quatorze cents enfants? sinon à celle de l'Assistance publique, et
par là même des contribuables, déjà si obérés. Il y a là un
danger social.

La disparition de ces établissements serait d'ailleurs déplo-
rable à un second point de vue, l'Assistance publique avec
ses hospices et ses placements à la campagne, et l'assistance

privée qui garde les enfants qu'elle hospitalise jusqu'à leur
majorité, présentent des garanties bien différentes de moralité
et de valeur éducative. L'hospice comporte l'abandon de la part
des parents survivants, la renonciation aux droits naturels
et à la vie de famille. Puis les enfants que l'Assistance
publique place à treize ans ou avant chez des cultivateurs.
en dépit des soins que l'Assistance apporte à choisir ces
derniers, n'ont pas toujours de bons exemples sous les yeux.
Aussi, chaque année, en voyons-nous comparaître devant les
tribunaux, bien que leur qualité d'enfants assistés leur soit
auprès du parquet un motif d'extrême indulgence. L'assistance
privée, au contraire, n'abandonne ses enfants que lorsque leur
âge et la continuité des bons exemples qu'ils ont eus sous les
yeux leur sont une défense suffisante. A vrai dire, elle ne les
abandonne même jamais tout à fait. Elle les rappelle à elle à
certaines dates pour fêter les anniversaires, les suit de ses
conseils et leur donne asile quand ils sont sans travail ou malades.

L'Assistance publique fait si grand cas de l'assistance privée
et a si bien compris ses avantages, qu'elle a recours à elle.
Dans notre région, par exemple, les établissements du Bon
Pasteur à Sanvic, et de Notre-Dame de la Charité à Caen, reçoivent des enfants assistés. Voici comment s'exprimait à ce
sujet, en 1898, le chef de ce service, dans son rapport au
Préfet : « Outre que ces placements sont avantageux pour les
finances du département, ils produisent les meilleurs effets et
permettent chaque année de replacer un certain nombre de nos
élèves en service à la campagne, quand leur conduite s'est
suffisamment améliorée. »

Au point de vue juridique, entre l'enfant et son tuteur légal,
il est intervenu un contrat de louage d'ouvrage ordinaire,
moyennant lequel l'enfant promet son travail et reçoit en
échange l'entretien, la nourriture et l'éducation. On se demande
à quel titre l'Etat interviendrait dans ce contrat sans violer les
plus élémentaires principes juridiques. Ce contrat est pour lui
res inter alios acta, et il n'a pas à se substituer au tuteur
légal. Ce tuteur, ce sera le père, la mère, ou, si l'enfant est

orphelin, la personne désignée par le conseil de famille ; enfin. si l'enfant n'a pas de parent qui consente à assumer la tutelle ou dans lequel on ait une confiance suffisante pour la lui confier, ou encore si la tutelle a été constituée en vertu de certaines lois spéciales, comme la loi du 24 juillet 1889, ce sera l'Etat. Alors et seulement l'Etat est maître du sort de l'enfant et peut le réglementer comme bon lui semble, et il peut, s'il lui plaît de confier ses pupilles à un établissement de bienfaisance, ne le faire que moyennant un salaire à débattre. Dans les autres cas, son intervention serait vexatoire et illégitime.

Ensuite, si l'on cherche à dégager l'esprit de la législation d'après les textes qui ont réglementé la matière, on voit qu'il n'était jamais entré dans l'esprit du législateur d'imposer une rémunération obligatoire pour le travail des enfants mineurs.

L'article 11 de la loi de 1889 donne à l'Assistance publique le droit de remettre ses pupilles à d'autres établissements et même à des particuliers. Il n'y est pas question de salaire, et l'article 11 n'ajoutait pas « moyennant un salaire à fixer. » En fait, bien souvent l'Assistance n'en exige pas, estimant que l'apprentissage donné à l'enfant est une compensation suffisante du travail gratuit que son patron peut en retirer. Bien plus, souvent, loin de se faire payer, elle paye l'établissement auquel elle confie l'enfant. Il en est ainsi pour les deux établissements congréganistes cités plus haut. D'après la nouvelle loi, elle devrait exiger un salaire pour les pupilles qu'elle confierait à des établissements privés, mais pourrait continuer à n'en pas stipuler pour ceux qu'elle confierait à des particuliers. Cela est-il logique? Et n'est-ce pas, au contraire, chez des particuliers, où la surveillance est plus rare et difficile, que l'enfant a plus de chances d'être exploité?

Les articles 17 et 20 de la même loi de 1889 créent des tutelles spéciales au profit de particuliers. En vertu des droits que leur confèrent les investissements de tutelle, ces tuteurs peuvent employer les enfants à eux confiés, sans qu'il soit non plus question d'aucune rémunération.

Prenons un autre exemple tiré de la « tutelle officieuse », articles 361 et suivants du Code Civil. Le tuteur officieux peut ne pas adopter son pupille et doit seulement le mettre en état de gagner sa vie. (C. C. 369.)

Il en est de même pour le tuteur ordinaire (père, mère ou parent désigné par le conseil de famille.)

Pourquoi dès lors astreindre l'établissement d'assistance privée, qui joue vis-à-vis des enfants qu'il reçoit le rôle de tuteur, à une obligation qu'on n'impose à aucun autre tuteur? En droit français, le tuteur ne doit au pupille que l'éducation, les aliments et le vêtement. Nulle part il n'est question de cette sorte de droit à la dot que voudrait créer le projet en question. Nulle part il n'est dit que le tuteur doive à son pupille un salaire. (S. C. C. 384 et 385.) L'enfant qui travaille dans l'atelier paternel n'a pas besoin, aux yeux de la loi, d'être payé. Il suffit qu'il ait appris à travailler.

Au point de vue de l'équité, le projet de loi contre toute justice ne distingue pas les établissements qui ne reçoivent des mineurs qu'à l'âge de treize ans, de ceux qui les reçoivent depuis l'âge le plus tendre jusqu'à leur majorité, et qui sont en droit d'escompter, dans le travail des adolescents, un faible dédommagement des dépenses qu'ils s'imposent pour les tout jeunes enfants.

Ces derniers établissements ont évidemment droit à un dédommagement, mais en fait l'ont-ils? Nous avons calculé que le travail d'un enfant de treize à quinze ans était si faible qu'il ne pouvait entrer en ligne de compte; que celui d'un enfant de quinze à dix-huit ans, déjà un peu exercé au métier qu'on lui a mis entre les mains, représente seulement en moyenne le tiers de la dépense qu'il impose à l'établissement, et qu'enfin celui de l'adolescent de quinze à vingt-un ans n'atteint encore que les trois quarts des débours. La justice ne commanderait-elle pas de ne faire les prélèvements stipulés par le projet que sur des bénéfices constatés par inventaire ? C'est l'idée émise par le journal *le Temps*. Or, nous nous portons garants que ces bénéfices n'existent pas, après avoir étudié la comptabilité de plus de trente établissements répartis dans toute notre région (dix maisons échappant à la taxe parce qu'elles ne conservent pas de mineurs au delà de douze ans).

D'ailleurs, est-il juste de ne pas prévoir l'incapacité partielle et totale des enfants recueillis, souvent en raison même de cette insuffisance de forces physiques ou d'intelligence ; de ne pas distinguer entre eux, d'exiger autant par exemple d'un établissement recevant des enfants sains et bien doués, et d'un établissement recevant des faibles d'esprit ou des scrofuleux ?

Est-il juste de ne tenir compte ni des chômages, ni des maladies, ni des accidents et d'exiger le versement du salaire par journée de présence et non pas par journée de travail. Depuis quand dans notre législation le patron est-il obligé de payer ses ouvriers malades pour une durée illimitée ?

Est-il juste de fixer l'âge du travail à douze ans quand la loi d'instruction primaire ne l'admet qu'à treize ans en principe, et quand la loi du 2 novembre 1892, dans son article 2, défend de faire travailler les enfants de moins de *treize* ans plus de trois heures par jour ?

Nous lisons dans le rapport du chef de service des enfants assistés de la Seine-Inférieure pour l'année 1898 « qu'indépendamment des élèves à gages, 253 sont placés en apprentissage *pour leur entretien ou gratuitement* et 122 remis à leurs familles ou à des bienfaiteurs sous réserve de la tutelle administrative ». Dès lors, puisqu'on n'exige pas que tous les pupilles de l'Assistance publique reçoivent des gages, puisqu'on estime qu'ils sont souvent assez payés par leur entretien ou même par les connaissances professionnelles qu'ils acquièrent, pourquoi se montrer si intransigeant envers les pupilles des établissements privés et refuser aux uns ce qu'on accorde aux autres ?

Est-il juste de ne pas tenir compte de tout ce que les établissements privés faisaient déjà pour constituer un avoir à leurs élèves à la sortie de l'orphelinat : trousseaux d'une valeur de 120 à 300 francs, gratifications en argent même. Le projet de loi méconnaît les sollicitudes prises et supprimerait ces initiatives si utiles. Les établissements obérés devraient renoncer à constituer des trousseaux et à recevoir les anciens pensionnaires aux jours d'épreuve et de chômage. Serait-ce un mieux ? Il est permis de se le demander surtout quand en regard de la suppression de ces mesures excellentes on place le pécule exigé par le projet de loi, souvent dissipé quelques jours après la sortie de l'établissement dans des dépenses futiles ou deshonnêtes.

Sous tous ces rapports donc le projet en question ne fait pas des distinctions qui s'imposent, il semble considérer tous les établissements privés comme des ateliers, où le travail est soigneusement divisé, et l'exploitation dirigée dans un but exclusif de lucre. Bien au contraire, dans ces établissements on poursuit non pas un gain matériel, mais un gain moral. On cherche moins à gagner de l'argent par le moyen des enfants qu'à les mettre en état d'en gagner plus tard ; l'atelier de travail est l'exception et l'apprentissage la règle. Et ce n'est pas le moindre danger de la loi en question que d'engager les établissements dans une voie qui n'était pas la leur et de les obliger, pour se récupérer de la nouvelle dépense qu'on leur impose, à devenir de simples exploitations ordinaires, industrielles ou agricoles, où tout est subordonné au profit, sans idéal philanthropique ou chrétien.

Le projet a trop légiféré comme s'il ne réglementait que les établissements qui, par la nature de leurs pensionnaires, déchus ou menacés de déchéance, doivent être organisés en atelier de travail. Ces établissements y sont obligés parce qu'ils vivent par eux-mêmes et que les générosités de la Charité vont plutôt aux orphelinats de forme variéés, ensuite parce que le passé et le caractère de leurs pensionnaires font ici du travail continu, plus que partout ailleurs, une loi et un remède moral.

Le tableau ci-après résume l'enquête à laquelle nous nous sommes livrés ; il appuie les objections que nous venons de produire et éclaircira, nous en sommes confiants, tous ceux qui séduits au premier abord par la pensée de prévoyance que la loi projetée présentait, reconnaîtront les services rendus par la Charité privée.

C'est en résumé l'intérêt moral de la jeunesse — bien supérieur à l'intérêt matériel, — qui est en jeu.

TABLEAU DES ORPHELINATS & MAISONS DE REFUGES POUR ENFANTS, CRÉÉS & SOUTENUS PAR LA CHARITÉ DANS LA SEINE-INFÉRIEURE

N° d'ordre	NOMBRE TOTAL des Pensionnaires	ENFANTS de 2 à 12 ans Nombre	Coût	ENFANTS de 12 à 15 ans Nombre	Coût	Produit du travail	ENFANTS de 15 à 18 ans Nombre	Coût	Produit du travail	ENFANTS de 18 à 21 ans et au-dessus Nombre	Coût	Produit du travail	RÉCAPITULATION Coût de l'entretien des enfants PAR AN	Produit de leur travail PAR AN	Insuffisance à couvrir par la charité PAR AN	Montant annuel de la taxe pour constituer les pécules	OBSERVATIONS — AVANTAGES accordés actuellement aux enfants par les établissements
1	60	27	400 »	14	400 »	90 »	11	400 »	180 »	8	400 »	300 »	24.000	6.570	17.430	1.697	Récompenses pendant l'année. — A la sortie : somme de 200 à 250 fr., suivant mérite.
2	106	60	300 »	22	325 »	120 »	18	325 »	200 »	6	350 »	285 »	33.050	7.650	25.400	1.679	Dons points payés de 0 fr. 50 à 2 fr. par mois. — A la sortie : trousseau de 300 fr.; livret de caisse d'épargne de 100 ou 200 fr., suivant mérite.
3	70	20	400 »	20	400 »	60 »	12	400 »	150 »	18	400 »	300 »	28.000	8.400	19.600	2.701	Récompense, congés pendant le séjour. — A la sortie : trousseau de 140 fr. au minimum.
4	120	40	492 »	31	492 »	34 70	22	492 »	171 85	27	492 »	205 40	59.094	10.323	48.771	4.306	A la sortie : trousseau de 150 fr. — Si l'orpheline est sans place, malade ou infirme, elle est reçue gratuitement à la maison pendant toute sa vie.
5	19	6	250 »	5	300 »	75 »	2	330 »	150 »	6	350 »	210 ·	5.730	2.115	3.615	730	Sorties, gratifications. — A la sortie : trousseau de 150 fr. et une somme de 20 à 50 fr.
6	24	12	304 »	9	304 »	37 90	3	304 »	75 85	0	0	0	6.730	568	6.162	492	Trousseau d'une valeur de 150 fr. — Les enfants sont reçues à la maison en cas de maladie ou perte de place.
7	42	27	110 »	5	182 50	60 »	6	255 50	135 »	4	343 25	192 »	6.608	1.878	4.730	808	Trousseau de 120 fr. — Somme de 50 fr.
8	25	7	220 »	7	280 »	100 »	10	300 »	140 »	1	320 »	200 »	6.820	2.300	4.520	876	Trousseau de 200 fr. — A la sortie, les enfants peuvent gagner 300 fr. par an.
9	61	19	225 »	6	300 »	100 »	16	350 »	240 »	20	400 »	450 »	19.950	13.440	6.510	2.555	Pécule et trousseau représentant au moins 300 fr.
10	78	24	100 »	18	400 »	0	24	100 »	100 »	12	400 »	300 »	31.200	6.000	25.200	2.847	Trousseau d'une valeur de 100 fr., minimum.
11	47	21	300 »	6	300 »	100 »	10	320 »	150 »	10	350 »	220 »	14.770	4.300	10.470	1.496	Trousseau de 200 fr.; frais du voyage et argent de poche; livret de caisse d'épargne suivant mérite. — Les malades et infirmes peuvent rester à la maison.
12	18	7	220 »	4	250 »	50 »	6	250 »	60 »	1	250 »	80 »	4.270	640	3.630	347	Trousseau de 300 à 350 fr.
13	60	20	280 »	13	280 »	60 »	16	300 »	180 »	11	300 »	270 »	19.930	6.630	13.300	2.153	Trousseau de 100 fr. — Livret de caisse d'épargne constitué par versements annuels de 5 à 25 fr. par an, suivant mérite.
14	120	42	383 »	10	383 »	58 20	29	383 »	145 80	30	383 »	201 »	46.000	11.553	34.447	4.470	Mêmes avantages qu'au n° 1.
15	72	14	200 »	11	250 »	225 »	17	300 »	275 »	30	350 »	325 »	21.150	16.470	4.680	3.522	1re catégorie : trousseau de 100 à 200 fr. — 2e catégorie : même trousseau et somme de 300 à 500 fr., suivant travail et conduite.
16	53	21	240 »	9	270 »	105 »	11	300 »	180 »	12	300 »	225 »	14.370	6.195	8.175	1.806	Trousseau de 200 fr.; livret de caisse d'épargne et somme de 100 fr. à la sortie.
17	36	14	265 »	8	265 »	67 40	3	265 »	106 40	11	265 »	122 10	9.541	2.200	7.341	1.259	Mêmes avantages qu'au n° 1.
18	86	27	400 »	33	400 »	123 »	20	400 »	123 »	6	400 »	123 »	31.627	5.052	26.575	2.737	Gratifications. — Trousseau de 300 à 400 fr.; livret de caisse d'épargne.
19	83	0	0	6	500 »	174 »	48	500 »	174 »	29	500 »	174 »	41.500	14.442	27.058	4.984	Trousseau à la sortie. — Les pensionnaires peuvent y revenir indéfiniment.
20	170	0	0	28	150 »	100 »	27	200 »	150 »	115	250 »	200 »	38.350	29.850	8.500	8.895	Trousseau à la sortie. — Les pensionnaires peuvent y revenir indéfiniment.
21	25	8	323 »	8	323 »	21 »	3	323 »	32 »	6	323 »	54 »	8.092	593	7.499	894	Travaille très peu pour le dehors. — Mêmes avantages qu'au n° 1.
22	97	54	490 »	22	525 »	150 »	21	530 »	450 »	0	0	0	49.560	12.750	36.810	1.480	Trousseau. — Pécule de 0 fr. 65 par jour.
Totaux	1.472	470		304			335			363			520.342	169.919	350.423	34.680	

OBSERVATIONS. — Le plus souvent le chiffre : *produit du travail des enfants* est en réalité le produit que la maison retire du travail de *tous* ceux qu'elle abrite, et comprend, par conséquent, le *produit du travail des maîtres et maîtresses*. Ce travail, à cause de l'habileté professionnelle des maîtres, entre pour une large part dans le total.

Nous avons établi plus haut les objections de principe qu'on peut faire au projet. La seule justification de l'intervention du législateur pour constituer un pécule à l'enfant assisté, serait que la somme de son travail fût productive au delà de la somme qu'aura coûtée son entretien. La loi lui ménagerait, sous forme d'épargne pendant le temps de sa minorité, la différence calculée à son profit entre la dépense de son entretien et le produit de son travail durant cette période. Or, il s'en faut de beaucoup que la réalité constitue un pareil droit aux enfants recueillis dans les orphelinats, surtout dans les maisons où ils sont admis dès le bas âge. Cela est de notoriété publique. Mais la démonstration mathématique se déduit du tableau qu'on vient de lire. Chacun sait ce qu'on organise de loteries, de quêtes, de sermons et de concerts de charité pour soutenir ces œuvres. Nous avons cherché à mesurer en outre l'étendue des sacrifices demandés chaque année aux particuliers et qui retomberaient à la charge des administrations publiques, si l'initiative privée venait à manquer.

On compte dans le département de la Seine-Inférieure trente établissements créés et entretenus par la charité privée, dans lesquels dix-huit cents enfants sont hospitalisés. Les renseignements qui ont été fournis par vingt-deux de ces maisons, sur les quatorze cent soixante-douze enfants qu'elles élèvent. nous ont permis de composer le tableau qui est annexé à ce travail.

On y fait les constatations suivantes :

Le nombre de 1,472 enfants est formé de :

470 enfants ayant de 3 à 12 ans.
304   —   12   15
335   —   15   18
363   —   18   21

Le total de la dépense annuelle monte à plus de 520,000 fr.
Le produit annuel de travail n'atteint pas 170,000 fr.
L'insuffisance à combler est donc d'environ 350,000 fr.

C'est dire que le travail des enfants fournit tout au plus les trois dixièmes de la dépense. On fait face aux sept dixièmes restants avec les ressources que l'on obtient de la charité privée par des appels aussi répétés que variés.

Il n'y a donc pas lieu de procéder à l'égard des enfants recueillis dans les maisons hospitalières chrétiennes autrement
qu'on ne fait dans la vie ordinaire où les apprentis ne reçoivent aucuns gages des maîtres qui les entretiennent et qui les
instruisent, règle à laquelle l'Assistance publique se conforme
toutes les fois qu'elle place ses pupilles dans ces conditions.

Une telle prévoyance de la part du législateur est d'ailleurs
inutile. Car dans la pratique le bienfait qu'il veut assurer est
réalisé spontanément par les maisons auxquelles on prétend
imposer cette obligation.

En effet, comme nous le disons plus haut, d'une part, ces
maisons ont généralement l'habitude de récompenser la bonne
conduite et l'application des enfants par l'attribution quoti-
dienne ou hebdomadaire de quelques sous inscrits au compte
de chaque enfant sur un livret individuel. Cette méthode est
autrement équitable et salutaire que celle qu'on propose en
rétribuant nécessairement le temps de présence de l'enfant,
quelle qu'ait été sa conduite ou son application, sa capacité,
voire sa santé. Cette rétribution obligatoire et uniforme est
un procédé injuste et brutal qui aurait pour effet d'abolir
toute émulation et toute discipline.

D'autre part, lorsque l'enfant a terminé son apprentissage et
qu'il est en état de gagner sa vie par son propre travail, qu'il a
achevé son éducation et qu'il est capable de se conduire lui-
même honnêtement, il ne sort pas de la maison sans ressources et sans appui. Outre le petit pécule qu'il a pu amasser
par son mérite, il reçoit un trousseau qui lui permet de continuer hors de la maison les habitudes du vêtement décent dont
il avait la jouissance.

Mais surtout on lui continue l'assistance morale dont il a
profité pendant son séjour à l'asile. Il reste le protégé et l'ami
de la maison dont il a été l'hôte, car l'institution chrétienne a
des soins qu'on ne peut exiger de l'Assistance publique.
Celle-ci s'assure plus ou moins bien de la subsistance maté-
rielle des enfants qu'elle essaime, tant que par leur âge ils
demeureront ses pupilles. La maison chrétienne n'abandonne
jamais les orphelins qu'elle a recueillis, les enfants qu'elle a
élevés, les âmes qu'elle a formées. Elle suit dans leur exis-

tence les honnêtes gens qu'elle a instruits moralement et ma-
tériellement. Dans toutes les épreuves de la vie, maladies, misère, chagrins, ceux qu'elle a adoptés peuvent toujours revenir
à elle, sûrs d'y trouver en secours, en conseils, l'assistance
maternelle comme aux jours de leur enfance.

Des institutions si précieuses pour la société auraient droit
aux égards et aux encouragements des pouvoirs publics, ne
serait-ce qu'au point de vue économique. Nous avons dit de
quelle efficacité est leur sollicitation auprès des particuliers
charitables en faveur de tant de pauvres orphelins à assister.
Si par l'exemple de notre département on calcule ce que pour
la France entière on obtient d'aumônes pour les orphelinats,
on arrive à un budget de trente-cinq millions. La charge nouvelle résultant du pécule obligatoire l'aggraverait encore de
trois à quatre millions. Quand même les administrations publiques de l'Etat, des départements et des communes consen-
tiraient à prendre à leur compte cette dépense annuelle, elles
ne rendraient pas, en soulagements de toute sorte, les services
que la misère nationale reçoit de toutes ces œuvres privées
auxquelles s'intéressent et coopèrent tant d'âmes charitables.

Le projet de loi soumis au Conseil d'Etat ne peut que com-
promettre ces œuvres de bienfaisance particulière, sans profit
pour les pupilles dont l'Etat veut prendre la tutelle. Il leur im-
poserait une charge inique et inutile, et il manifeste à leur
égard une méfiance qui est un procédé aussi peu adroit que
peu justifié.

*Les Membres de la Commission d'enquête désignés par la
Commission administrative de l'UNION CATHOLIQUE de la
Seine-Inférieure :*

PAUL ALLARD, ancien Magistrat;

HENRI CAVREL, Propriétaire;

E. FRÈRE, Avocat;

J. LE PICARD, ancien Banquier;

HENRI WALLON, Manufacturier, Membre de la Chambre
de Commerce.

ROUEN. — IMP. DU NOUVELLISTE, RUE ST-ÉTIENNE-DES-TONNELIERS, 1

www.ingramcontent.com/pod-product-compliance
Lightning Source LLC
Chambersburg PA
CBHW061450170626
46811CB00005B/2444